여름의
트랙

여름의 트랙

펴 낸 날   2023년 08월 25일

지 은 이   임명화
펴 낸 이   이기성
편집팀장   이윤숙
기획편집   서해주, 윤가영, 이지희
표지디자인 서해주
책임마케팅 강보현, 김성욱
펴 낸 곳   도서출판 생각나눔
출판등록   제 2018-000288호
주   소   경기도 고양시 덕양구 청초로 66, 덕은리버워크 B동 1708호, 1709호
전   화   02-325-5100
팩   스   02-325-5101
홈페이지   www.생각나눔.kr
이 메 일   bookmain@think-book.com

• 책값은 표지 뒷면에 표기되어 있습니다.
 ISBN 979-11-7048-593-3 (03810)

※ 이 책은 **충북문화재단** 후원으로 발간되었습니다.

여름의
트랙

임명화 시집

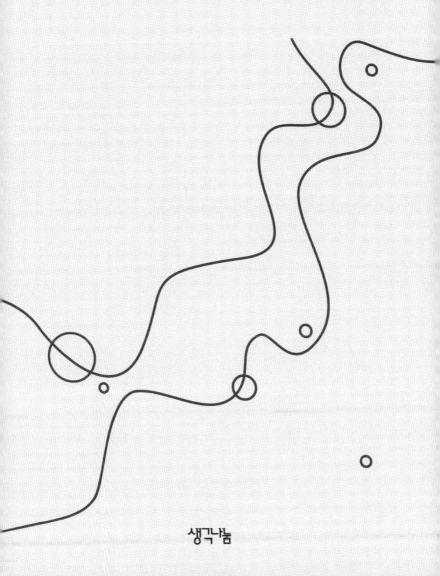

생각나눔

지루한 장맛비가 끝나는 날
애정 어린 눈빛이 살아났다.
끝없이 그 길을 따라
오래오래 걸을 수 있을 것이다.

2023. 여름
임명화

목차

제2부

제3부

제4부

제5부

제6부

제7부

제8부

제9부

여름의 트랙

제1부

봄 날

고개 들어 너를 만나는 날
쏟아지는 햇살에 얼굴을 담근다

멀리 상수리나무 잎이 흔들리고
그 위로 뭉툭한 가지
단단한 깍정이 붙어
습관처럼 다가와 부르는 봄날
하늘과 맞닿아 진실을 토한다
따스한 바람의 언어는 불안한 소문을 달고
떨어진 꽃잎 밟으며
여기저기 헤픈 웃음소리 신열을 앓고

펼쳐진 나뭇가지 노란 꽃망울 터져
상수리 나뭇잎에 반짝이는 잔털
사이사이 부딪치며 어지러운 잉태
때론 물씬 풍겨오는 달근한 바람이
하늘에 매달려 더욱 그립다

카르마¹의 겨울 I

이 상황이 언제 끝날지
흐르는 족족들 외면하고 못 본 체
등을 구부리고 걷는다

거리에는 이른 저녁부터 눈을 감고
얼굴 밖으로 튀어나온 눈동자에
끊임없이 혀를 차고
오랜 퇴행성 관절염을 앓고 있는 손가락은
마디마디 울퉁불퉁 겨울 속으로 숨는다

검은 구름이 하늘을 뒤덮는 사이
폭풍이 몰아치고
둥근 지구가 밖으로 자꾸자꾸 이탈하려 한다
기억을 붙잡아 달빛 속으로 재빠르게 충전시키는
동안 우리는 겨울을 지탱하려
심장의 새봄을 기다린다

---

1) 미래에 선악의 결과를 가져오는 원인이 된다고 하는, 몸과 입과 마음으로
   짓는 선악의 소행(평범한 존재의 도덕적 행위)

카르마의 겨울 Ⅱ

나를 유혹하는 흰 눈의 계절
절대성을 부여하고
단호하게 의식의 흐름을
내 정체 안에 담고 있다

귓가에 흐르는 찬바람 영혼의 소리
지쳐가는 사이에 저녁은 어두워지고
눈을 감았을 땐 거리가 얼어붙고
꽁꽁 눈사람이 되어
감싸주던 빛나는 별들이
투명하리만큼 밝은 웃음을 던진다

차가운 아침은 발목을 붙잡고
하얀 눈이 온 세상을 삼키듯
숨을 몰아쉬며 눈을 굴리고 부릅떠
텅 빈 지상의 실오라기 같은
쌀쌀한 바람의 냉기는
고요한 정적을 선물하듯

새롭게 맞이하는 상기된 마음으로 피어난다

몸을 낮추고 순간을 새롭게 마주하며
떠오르는 새벽을 맞이한다

카르마의 겨울 Ⅲ

한사코 그릇된 행위에 반대하고 있지만
스스로 저지른 오염 속 불길
믿고 싶지 않은 일을 바라보며
혼백의 가슴을 짓누르는 환경에 묶이어
날카로운 어둠 속으로 겨울이 왔다

세상의 뒤편에서
탄생과 결실이 이루어지고
얼룩진 슬픔이 쓸고 간 자국에
비뚤어진 정수리 만들어
능숙하게 다가온 겨울은
빈틈없고 탐욕해진 인간들에게
호락호락하지 않는다

앙상한 날개는
썩어 흐르는 차가운 대지 속에
뚝 뚝 부러져 새롭게 소생하는
영혼을 달래다

모진 시간 속

눈보라가 날리는 하늘에 매달려

하나둘 살아나는 무한한 구름에

꿈을 실어 새로운 바람에 팔랑이고 있다

생명의 크레바스² 나에게 정복의 말을 걸었다

오랜 세월

주위는 깜깜한 침묵이 흐르고

빙하가 쏟아져 내려 쉼도 없이 갈라진 땅

숨소리 가득한 하늘이 잠들어 있다

사람들의 독백에서

풀리지 않는 세상 이야기에 익숙해지고

별이 점차 사라지는

아침을 맞이할 때는

바다로 나가신 아버지의 새벽도

크레바스를 넘어 던지신 그물에

풍어와 노을을 담아내셨지요

억수 같은 정복의 질문도

우리의 진실 앞에 생명을 만들어 주고

깊은 크레바스의 무한한 신비에서

---

2) 빙하(氷河)나 눈 덮인 골짜기의 갈라진 틈.

온갖 고행을 벗어나는 무량의 완성으로 깨닫는다

얼음벽의 투명한 미래의 크레바스
생명의 빛으로 지평선에 닿는다

지난 것은 새롭다

하늘이 가까워졌다
구름 속에 잡힐 듯 무수한
언어들이 기억 속에 소꿉장난을 벌인다

손을 내밀자 눈시울을 붉게 했던 언어들
하나둘 가슴에 절여
구름 사이로 고요히
그리운 나래를 펼친다

파란 하늘이 높다
지난 오랜 꿈에서 깨어보니
그리운 하늘이 은밀해 보이고
내일을 기대하는 마음이 새롭다

그런 겨울이 지나고 따사로운 봄이 오듯
녹아 사라진 하얀 눈동자
마침내 가혹함을 더욱 생생하게 만들어
조금씩 새겨두는 일

황태잡이

광활한 바다 온통 일렁이는 파도뿐
어부는 바다의 비릿한 냄새를
끌어올려 투명한 눈동자에 싣는다
떼 지어 올라온 어구를 올려 보일 때
정적은 풍어를 알아차리고
바닷냄새보다 투명하고 빛나는
향기를 내준다

뱃일 끝내고 소주 한잔 나누며
스쳐 간 인연들 마음에 걸쳐
아슬아슬 눈가에 붉은 눈물 흘리시고
숨 넘어 허허로운 허물을 벗는다

서둘러 명태를 잡는 날은
비틀거리는 삶 속에서도

햇살보다 그리운 날을 맞이한다

그림자

거리에 은행잎 수줍게 떨어져
잠시 그리움 우리 가슴 속으로
언뜻언뜻 창백한 얼굴에서
버티어 낸 기억이 되살아나고
어떤 것도 쉽게 내어 주지 않음을
알았던 깊은 사려에 단단해지고
빈 잔의 속셈에 잠시
풋풋한 욕심을 부려본다

길옆 삭정이 매달린 까치밥도
온종일 침묵으로 부풀었지만
바람 소리에 푹 곰삭아
낯설어 메말라 버려지고
숨 쉬는 영혼이 사라진다

돌아보니 저만치
부러진 삭정이 무성한 소문에 끼여
눈을 흘기며 허물을 툴툴 털어내고

햇살을 피해 잠시 안갯속에서 갈 길을 찾아 생생하다

훗날 상상의 그림자를 밟고 지나가며
가을의 그리움을 꺼내본다

그해 여름은 위대한 가을을 잉태하고

무더운 여름은 세상을 지배하고 있었다
순응해 보지만 힘든 시간은 그 너머를 짐작했기에
우리에게 많은 결실을 빛나게 했다

계절은 자신과 관계없이
그 안에서 숨을 쉬고
성장하며 자연에서
미래를 만들어 가는
생명을 잉태하고 있다

씨앗을 싹틔워
꽃을 피우고
하늘빛의 열매가 달콤하다
울음 터트리는 빗소리에 사랑도 익어가고
가을 하늘빛에서 깊은 석류를 쏟아낸다

한여름 거대한 천둥소리에 놀라
바람과 구름을 안고 들판 가득 풀어헤치고

깊어져 가는 여름은 우리들에게

높고 위대한 가을을 선물한다

갈까마귀

숨을 몰아쉬는 사이
내 정수리가 삐죽 머리 위로 날아간다
빛나는 강박감에 숨죽여 바라본다

하늘을 날으며 힘찬 날갯짓의 위로가
계절을 몰고 애절한 그리움 보인다

사람들이 사라지고 영혼도 사라질 때
나른한 몸을 깨워 주는 갈까마귀

늦가을 혼탁한 세월
어디로 날아가 흔적을 보이랴

바라보아도 어느 곳에 있을지
세차고 뜨거운 존재의 의미가
고스란히 서로를 포용할 때다

여름의 트랙

제2부

강(江)

놀라워라

하늘도 가슴을 열면

옹두리에 맺힌 섬광을 쏟고

지상의 모든 사람 소리로 깨워

한걸음 비에 젖느니

풀벌레 이슥토록 입 맞추어

초록 물들이고

그 소꿉 같은 초록에

되려 환해지는 강(江)

깊을수록 깊게 감춘 물길마다

부끄러워 이리 말하는

오랜 사랑 흐르고

개망초 헤튼 강둑 위에 달맞이꽃

그리움 벙근다

가문비나무

회백색의 껍질을 벗고
쑥쑥 하늘을 따라 오른다

오월에 드러난 자태는
붉은 자주색 속치마
겉옷의 기품있는 위엄에서
무엇인가 깊은 사색에 빠지게 하는
고상한 나무로 우리를 반긴다

종일 뜨거운 태양은
아래로 가지를 떨구고
자연과 더불어 천천히 쏟아낸다
오랜 고통 긴 시간 속에 견디며
인간에게 아름다운 소리로 남겨주는
가문비나무 가르침을 받는다

두근두근

흩날리는 바람 소리에
가슴 뛰도록 설렘

잠시 등줄기를 타고 내리는 심장이
연신 두근두근
풀린 눈동자를 애써 감고
속내가 허전한 신세
끝내 어이없다

그대에게 뜨거운 심장을 보이지 않아
어떤 생각도 바짝 향하는 눈빛
누군가의 꿈이 스쳐 지나가는 흔적처럼
그리움의 미묘한 꿈틀거림

열아홉 순정의 마음처럼
바람 소리에도 볼그레한 사랑이다

호박 덩굴 I

햇빛 구겨진 진흙 돌담에
한여름을 끝내고 한참을 길게
늘어진 멀그레한 호박 덩굴

쨍쨍한 햇살에도 한 짐 부려놓고
한편에 주렁주렁
궁했던 시절 아랫목에 겹겹이 포개진
생명의 양식이 까닭없는 어린 날의 추억인데

엄니는 시집간 큰언니네 눈여겨 살펴 주시고
감나무골 하얀 머리 할머니네 딱해 보내지는 호박 덩굴

내 눈썹 같은 씨눈이 날려 호박꽃 피고 지고
향기로운 초록빛 내음 을 걷이 올리며
솜사탕처럼 그리운 세월을 읽을 수 있으련만
시골집 엄니의 모습이 떠오른다

호박 덩굴 Ⅱ

저무는 해가
그리움 쏟아내는 뜨거운 한여름에
길게 늘어진 호박 덩굴

연녹색 짙어가며
나부끼던 실바람 사이로
나비와 풀벌레랑 들러리하고
세월을 엮어가며 시샘하는 들녘에

뜨거운 하늘이
소록소록 엄니와 눈 맞춤할 때 꽃이 피고
진초록빛 열매 밤새 희끈거리며
무성한 잎을 들썩이게 하네

일곱 자식 툭툭 다녀가면
텃밭에 고단하게 말린 호박고지와
그리움 꼬옥 품에 넣어 주시고
까치발 딛고 바리바리 사랑 채우지만

더는 줄 것이 없어도
어쩌지 못해

시집간 누이 발길 재촉해
세월 속으로 서둘러 보내신다

너를 보면 꽃잎 속의 바람

회오리바람이 소용돌이친다.

골목길 모퉁이 어스름 그대 그리워

흘러가는 뇌운을 한참 바라보다

가쁜 숨에 설마 꽃잎 문드러지는

괴로움 참을 수 없어

거리에서 길게 눈물을 흘린다

오후에 꽃비가 떨어지고

지나는 연인들 삐끔삐끔 어색해

부서진 꽃잎 아쉬워

가지에 매달린 안개꽃을 기다리는 마음이지

연인들이 쏟아낸 봄에 대한 환상

곧 꽃이 환하게 드러나지

그대가 생각나는 것은 꽃의 향기

잊지 못해 한 걸음, 또 한 걸음

계절을 따라 추억 속으로

꽃잎도 바람에 날리고

내 인생도 꽃잎 되어 피워내는 꽃바람에

고요하고 조용한 눈빛으로

숨죽이며 너를 응시한다

소낙비

창밖에서 불빛이 튕기는
하얀 빗살이 온통 내 눈 안에서 흐르고 있다

툭툭 나무마다 머리 풀어헤치고
지상을 휩쓰는 바람들이
마음을 갈기갈기 찢겨 들어와
더러는 슬플 때가 있기도 하다

하늘을 깊숙이 쳐다보지만
바리바리 뿌리고 간 여름 뒤끝의 울음이다

꽃잎은 꽃잎대로
풀어헤친 모습으로
세상의 기억에서
멀어져 가고 있음을 안다

그래도 넉넉히 뿌려주는 그 기쁨은
속살 드러내는 기다림이 있으랴

어느샌가 하늘에서 내리는

하얀 빗살은 또 다른 세상을 담아내는

눈부신 지상으로 바뀌고 있다

버스 종점

막차를 놓치는 날 주먹을 불끈 쥐고
눈동자 휘둥그레
전염병이 확 도지는
기억에 사로잡힌다

안마당에는 고추가 널려있고
빨간 고추잠자리 알아차리고
서로 피 묻은 중력을 흉터로 알며
새집을 한 채씩 단단히 박고
태양 아래 가득하다

가난에 익숙한 버스 종점 아랫동네
그래도 행복한 날을 보냈다
흰 눈이 쌓인 날 출근 시간이 간간이 늦어
부끄러운 흔적을 남기지 않으려고
빌딩 숲 깊숙이 하늘을 날았다

퇴근 후 적막한 한강을 바라보다

휘청거리는 물살에 빠져들어
지겹게 가난을 벗는 일이
쉽지 않음에 고개를 절레절레

아버지의 문턱은 옷장 밖에 걸려 있다
그래도 아랫목은 항상 따듯했기에
덜 서러웠다

지나간 과거로
돌려버리는 시간을 다잡아
상처 없는 꼿꼿한 도시에 붓꽃을 심어
밑동에서부터 네온사인이 번쩍거리는
거리의 주인이 되는 날이다
버스는 끊임없이 도시를 누빈다

돌과 바람의 소리

바람이 분다

세차게 불어라

고단한 흥분을 유발하며

악마의 손길처럼

연주로 밤새도록 놀라워라

한쪽 눈이 감긴 채

바람 앞에 나약하며

피상적으로 쉼 없는 구원이

애원에 가깝도록 놀라웠다

그 바람이 떠난 자리에

눈 시리게 남은 큰 돌 작은 돌이

겹겹이 뭉친 이끼

거뭇거뭇 쌓인 운명의 존재

강물 위로 사랑이 굴러간다

어디선가 온몸에 부딪히는 너

대지에 소리 없이 다가와

꽃을 피우고

빛나는 소리에

눈부시게 흔들리고 있구나

화요일 목요일

낮과 밤이 타들어 가는 시간
온전히 미치지 않으려고
가벼운 발걸음으로 허우적거리며
사랑도 없고 영혼도 없고
선율만 타는 화요일

숨을 쉬고
불편을 참아내고
우리가 마주하는 연인같이
예측할 수 없는 목요일을 만나

가혹함의 몸짓을 흔들어
기대감의 무게를 털어버리고
잠시 긴 호흡을 내쉰다

깊은 밤 빛나는 별빛들
타들어 가는 붉은 태양 속으로
부드럽게 우리의 영혼을 초대한다

저편 너머 번득이는 도시에서

남은 요일의 꿈을 꾸며 살아간다

유월의 깃발

유월이 오는 바람 소리는
희어지는 강물 머리칼 물들이고

굽어진 허리마다 햇귀[3]를 드리우고
나의 사랑도 추스르는 어깨에 맞춰
사라진 흔적의 어둠을 보네

그냥 보고만 있어도
꿈을 꾸는 듯하고
바람 소리 들려와도
초롱초롱 별을 세는
그냥 그만한 일이라고

유월이 저만치 저만치 흘러간다 해도
깃발 위로 흐르는 님의 발자취는
영원히 우리 마음에 남아 있으랴

---

3) 해가 처음 솟아오를 때의 빛

여름의 트랙

제3부

편도선

콘크리트 벽 안에
나의 분신이 갇혀 있다

쏟아지는 콧물
정신없이 콜록콜록 이는 기침
견뎌야 하는 시간이 클수록
비틀대며
가위눌림으로
무질서 위에 오물을 토한다

붉어진 눈알
와르르 튀어나와
허공에서 헤매는
걱정 슬픔 근심 덩어리
뭉쿨뭉쿨 빠져나가게 얼른 잘라내야지
온몸에 미열이 돋지 못하게
허물은 영혼이 잠들게 말이다

아침이슬

초록이 고개 드는 날 물방울 또르르

속살 헤집는 풀잎 서러움 떨치고

깊은 잠에서 깨어나

그사이 바람 불면 새잎 돋았나

휘청거리며 떨어질 것 같은 초록의 언어

서로 부딪치며 하이얀 꽃잎 떨군다

꽃밭에 드리운 희고 고운 이슬

한참을 바라보다

머물고 간 고결한 살 내음

아침이슬 찬란하다

매일 불러도 보고 싶은 너

이 저녁에 어둠이 들지 않는다
두 눈이 의심스러워 생각을 멈추고
누군가 내게 더 크게 눈을 뜨고
마음 안으로 들어와 소리 질러봐
외치며 말을 건넨다

별 속에 너 가 보여
쏟아지는 빛으로 감싸 안으며
큰 소리로 불러 보았다

얼굴을 떠올리며
끝나지 않은 소용돌이의 흐느낌
설핏 차오르는 감정의 흔적에
꿈을 꾸기도

어제 소나기가 내렸어
이제 포기할 때도
아직은 때가 아니라면서

그때를 기억하고 있는 너

독백은 늘 따뜻하게 만든다

매일 불러도 돌아설 수도 없는

수줍음만 가득하다

아버지의 마음

옆집 대문이 굳게 닫혔다
늘 다니시던 풍경은 사라지고
마음만 휑하고 스산하다

옆집 사는 기동이 마저 세찬 바람에 실려 가고
밑동이 잘린 느티나무와 자글자글해진 내 얼굴뿐
산 그림자도 쭈뼛쭈뼛 햇빛이 더욱 그리워

아버지의 마음 한편에
잃어버린 시간의 아픔
고스란히 묻어 먹지 않아도
배부르고 손등에 굵은 힘줄만 불뚝 서
지치지 않으려고 눈물이 흘러도
삼키면 그만이다

채워도 소용없는 목숨
저 강물에 장대비 지날 때
이빨이 몽땅 빠진 내 육신이

하늘에 눌려 동동동
강어귀로 떠내려간다

아버지의 마음에
그리움의 질량은
별만이 알 수 있을 것이다
예감하고 있다

뒷모습

구름 사이로 보는 너의 뒷모습
등이 휘어져 목은 길고
앙상해진 몸을 흔들며
시린 눈길을 떠나고 있다

신세 지는 걸 싫어했던 야무진 꿈
이루지 못해 말짱 헛일 되었고

귀빠진 날 나무 한 그루 심어 놓고
서서히 내 속에 들어앉아
장맛비 빠져나가듯 흔적 없는 너
우리의 운명은 담백했다

웃으며 마주했던 시간 속
가는 세월에 순서가 없음은
서글픈 인생 가슴에 담아 본다

우묵사스레피꽃

흐느끼는 파도에 휘몰아친다
쥐똥 같은 열매가 우묵하게
쪽빛 허리 풀어 잎겨드랑이에서
녹색을 띤 흰색 다발로 피고
바닷가 암벽 등에 어둠을 뚫고
우뚝 선다

몽실몽실 쥐똥 닮은 열매
종 모양의 꽃이 옹기종기 귀하다
이름만큼 둥글둥글 가을 한 꼭지
세상에 피어납니다

좁은 길

그 길은 우리의 기억 속 시작이다
가끔 눈을 감을 때마다
시간에 쌓인 순간을 간직하고
깊숙이 흐르는 정을 물끄러미 바라본다

바람은 잠들지 않고 길만 보고 따라와
그리운 마음 발자취에 내려놓는다

그 길 지나면
하얀 파도는 모래가 되어 능선을
만들고 소리에 귀 기울여
걸음걸음 바라보며
핏줄 당기는 눈을 감았어

초승달이 떠오르는 기억을 향해
어둑어둑 차오르는 파문을 잡으며
오늘도
내일도
다시 깨어나는 추억의 길

기억의 봄

깨여 불어오는 바람
움츠린 숲으로 신록이 춤을 춘다

샛바람 부는 길가 언덕에 서서
꽃잎 떨어지는 소리보다 가벼운 몸짓으로
봄을 맞이한다

언뜻언뜻 봄비가 내리는 날
단잠에 깨어 무거운 날을 견디는 것은
힘든 괴로움이다

쏟아지는 인생의 졸음만큼
하늘의 구름에 기대어
억눌러 치밀어 오는 설움을 달레보며

거침없었던 기억의 봄
욕심 한 자락 내려
내 고향 앞 냇가에
그리운 봄 편지 띄워 보냅니다

봄까치꽃

따뜻한 봄 햇살
보랏빛 향기가 어리어 작고 귀여운
큰개불알꽃이 곱게 피었습니다

잎은 호생이라 모성적 넉넉함이 그대로
하부에 수북하게 피어오르는 소박함이
시선을 끌어들인다

초봄에 긴 겨울 이겨낸 자연 그대로를
온몸에 감싸는 향기로
마치 자신을 바라보는 거울에
수줍은 풋풋함으로 속삭임을 구애하듯
향기를 퍼트린다

잎을 만지면 엄마 냄새 솔솔솔
붉어지는 눈망울을 옷고름에 닦으며
또 보아도 보드라운 속살
애처로운 꽃 볼썽사나워도

바람에 흔들려 반짝일 때
당장이라도 날아드네

힘든 번식의 복주머니란
우리 마음에 희귀식물로
더욱 애틋하다

살아온 길

큰 눈망울을 지녀서일까

눈가에 눈물이 뚝뚝 떨어지는 모양

겨울 산이 부럽지 않은 절경의 남루함

눈가에 맺힌

침묵의 그리움

애써 지워보지만

그것은 알 수 없는 애잔함

고단을 내려놓으니

낯익은 얼굴이

붉은 해거름에 가만가만 속삭이듯

그대로 흥그럽다

운무에 쌓인 겹겹의 삶

산 그림자 사이로 크게 보이며

묵주 한 알을 굴리며 무릎을 꿇는다

서러운 인생살이

억겁의 세월 속에서

눈부시다 눈부시다

지구

오늘도 별일 없겠지
행성 저편 끝없이 둥그런 세상을
바쁘게 걷고 또 걸으며

별일 없겠지
힘들어도 무던하다
괜찮아 노란 꽃이 피어나고
넓고 둥근 초원 위에
회색 바람 살살 불어오며
바람이 흔들리고
파도가 넘쳐 폭풍을 지나
당신의 등 뒤에 사막이 갈라지고
지평이 사라져도
멀리 무지개 사이로 나비 한 마리
내 품속에 들어와
응답 없는 존재 머리를 곤두세운다

너와 그리고 우리

모두의 시간 속 모습처럼
가는 길 오는 길 따돌리지 말고
오래오래 함께 아끼고 지키며
고통을 멈추게 하리

별일 없을 거야
푸른 열매를 맺는 날까지
꿈을 꾼다, 우리의 미래를

여름의 트랙

제4부

해

사방에서 솟아오르는 향기로운 의혹
아득한 저 늪을 벗어나
붉고 웅장한 숨소리가 우렁차다

주위의 모습에 놀랍다
머릿결은 쭈뼛쭈뼛
두 눈은 휘둥그레 바람에 밀려
팽팽한 긴장과 감탄이 어우러져
도도하게 달려오는 날카로움이 있다

마음을 쓸어가는 파도야
오늘도 떠나는 포구를 매만지듯
만선을 바라는 마음으로 돛을 손질하며
터져 나오는 벅찬 감동을 안고 바다로
뛰어드는 우리들의 삶이 오르고 있구나

하늘 높이 불꽃으로 태워진

진한 세월에 아무 일 없다는 생각

저 멀리 날갯짓 태양은 솟아오르고 있다

자작나무 숲 아래

초록이 흐르고 바람도 흐른다
언어들이 흩어져 자작나무에 붙어
자작자작 타는 소리에 쏟아지는
별빛을 만난다

여름엔 꿈이 자라 지상을 수 놓고
높이 더 높이 자란 나이테를 가슴에 담는
그리움에 하늘을 바라본다

바람에 하늘 깊숙이 휘파람 들려와
달빛 같은 고운 은빛에 감싸 응시하는
시선을 따라

고요한 적막 속
지상을 완성해 가는 자작나무의 고요한 풍경에
포근한 그리움 담아 가고 있다

은행나무

가을이 오면 불타오르는 노란 잎 져
날개에 감춘 그리움 서럽다
더러는 고운 얼굴 다정스럽고
볼수록 쓸쓸한 눈시울이 허락된 듯
가을 햇살에 말없이 떨어지는 은행잎들

가을의 심장 속으로 순한 바람 둥글게 엮고
안갯속 가을은 더욱 깊게 물든다
깊어질수록 빠른 하강이
꿈틀대며 아슬아슬한 슬픔이다

태초에 모든 생명은 사계 속에
스스로 빛을 발하고 세상 밖으로
사라지는 얄궂은 운명
노란 상처 위로 벗겨지는 허울에
은밀한 삶을 섞는다
흐르는 세월을 따라
인생(人生)도 함께 퇴색해 가고 있다

그대 얼굴 쉼

그대 얼굴은 언제나 침묵이다
그대 마음에 닿고 싶을 때도
마음을 여는 일도, 것조차
나를 깨트리는 침묵이다

침묵은 오히려 심장을 놀라게 하고
이른 새벽 허옇게 빛나는 맑은 탁주 한 잔에
오롯이 티 없는 됨됨이 손에 마주하는 일이다

사랑의 숨소리 들려온다
달빛에 비친 그대 얼굴
고요한 낯가림에 평화로워 보이고
자신만의 순수한 일상의 삶 곧 쉼
그것은 떠난 자의 순수하고 익숙한
부드러움이 내재 되어 있음을 알고 있어
저 하늘을 가로질러 돌아가

나무 그늘

그 나무의 운명을 보았다
무성한 이파리들 내일을 기대한다
끈적거리는 더위 사이로 뿜어내는 언어는
때때로 은은한 미풍이 되어 주었다

여름밤 나무 그늘은 숨결이 열려 있고
메마른 육신에 바람을 이끌어
목마름의 숨통도 만들어 준다

흩날리는 더위는 능선을 따라
하루살이에 그물을 엮고
끊임없이 뜨거운 노래를 부르며
붉게 달구어진 하루 속으로 사라진다

푸른 바람

오월은 푸르다

새순 돋아 헌 잎 다 떨구고

온통 연잎으로 여름을 환하게 반길 채비로

홀로 신열을 앓는다

바람이 그리울 때면

붉은 노을이 지는 지평선을 바라보며

그림자 속 숨어서 바람에 기대고

꽃이 보고 싶을 때면

꽃밭에 앉아 늦도록 가슴을 비비며

아쉬운 연민의 기쁨에

눈물을 적신다

이제 푸른 바람 다시 불어와

세상을 눈뜨게 하고

그대들의 예감에

세상을 삼킨다

짙은 녹음

유난히 그리운 날
어쩌지 못해 짙은 녹음 속
하루를 들여다본다
우리가 바라는 투명한 삶
빛나는 햇살이 누워있다

그사이 하얀 바람은
촉촉한 습기를 몰고
긴 세월 지나도록 소리 없이
무성하게 나무가 자라
흔들리는 고목의 그늘에서
나이테는 속살을
드러낸다

하늘에서 바라보면
유난히 빛나고 있는 짙은 녹음
나의 여름처럼 우리의 여름처럼

수제비

긴 장마철 허기가 절름절름 걸어 나온다

가늘고 축축한 공간 식탁 위에 빈 수저만

덩그러니 보이고

백발의 할머니는 소리 없이

끈끈한 수제비를 만들어 주신다

갓 담근 겉절이에 푸르고 고소한 배추 빈대떡은

세월을 비껴가고 아이들도

고소함에 군침을 흘려 가며

코 묻은 수제비에 잠시 영혼이 사라진다

긴 삶을 소박하게 주시고

여정까지도 넉넉하게 채워 주시며

빗소리와 함께 그리운 눈물 자국

서로를 바라보며 배고픔 위에

우리의 얼굴이 반쯤 걸릴 때

헐거웠던 눈동자 홍기가 되살아나

깊은 추억에 젖어본다

그 날

우리의 마음이 바람에 실려 가는 날
길 위에 서성이다 바람에 지쳐
무심한 척 아무 일 없는 듯
천천히 소리 없이 허물어진다

돌아보며 살아온 날
달빛을 통해 드문드문 방향을 알았고
흐르는 강물 따라 살아갈 지혜를 터득하며
끝끝내 누구에게도 말하지 못하고
놀란 별빛에 마음만 야위어 갔다

무엇을 말할 수 있을까
마음을 다시 잡으며
한순간 긴 호흡 속으로
조금씩 수척한
어둠을 털어낸다

어디선가 상수리 열매 후드득후드득 떨어지고

꿈속에서도 볼품없는 허울마저

하나둘 빠져나오는 그 날

내 마음속에 자리한 흔적

그립고 그리워진다

관 계

막차는 떠나 버렸다

다음 차를 기다리는 일은 없다

그러나 잠시 아쉬움

생각해 보면 마음이 거칠어 두려워할 것도 없을 듯

발길을 돌리면 돌아갈 곳이 없을 것 같은 서러움

헛되도다, 마음 한구석을

뛰어넘는 생각들 툴 툴 툴

땅바닥을 발로 세차게 차도

밀고 밀리는 착각

손톱 밑이 알싸하다

고개 들고 고함을 질러

푸르름을 끄집어냄은

속이 시원하다 깔끔하다

여름의 트랙

제5부

봄의 소리

겨울의 끝자락에서
연푸른 보리 내음이
잔잔히 물결치듯
살포시 풍경을 지니고
차가운 눈시울에 신열을 앓는다

보고 싶겠지
살포시 기지개 켜니
그립겠지
돌아갈 수 없는 겨울의 문턱을 두고
한껏 물오른 버들강아지
얼굴 뺨을 스치고 지나가고 알 수 없는 날들
봄 흙 내음이 나고
산 푸르름이 돌고
다랑이 논밭을 매는
반짝이는 마음을 잡아볼까

살근살근
봄은 고요하다

라일락

초여름 뭉게구름 닿는 대로
달빛에 이끌려 나부끼는 선연한 붉은 빛
환한 웃음 깜빡이며 가득 차오르는
풍경을 읽어낸다

교단의 그 라일락 향에 취해
젊은 날 추억만이 우리의 벗이었고
어머니의 마음처럼 함초롬히 피어 있었다

하루하루 새잎 피고 오르고
애써 맑은 날은 소복이 타올랐고

천 년이 지나도
젊은 날 추억의 꽃, 너 라일락
마음 가득히 잔잔히 전해진다

장 마

하염없이 쏟아지는 저 하늘
온종일 애면글면
저 장마 속을 무작정 걸어가면
세월에 버린 시간 하늘에 오를 수 있을까

구름이 바람 속으로 기겁했다
별을 삼키는 고목나무에 억수로 출렁출렁 쓸어 놓는다
여름을 보내는 철새들에게 마음 다 주고
조금씩 튀어 오르는 그리움의 질량을
살금살금 다가올 가을에 섞는다

모두 떨어져 나간 나뭇잎 사이로
가끔 내 슬픔 웃도는 고통을 내려놓고
후끈해지는 파도에 외로움 돌돌 말고
노랗게 타오르는 내 등줄기 사이로
쉴 새 없이 내뿜는 폭우 속 망해
마르지 않는 그리움
내 속을 비워내고 있다

조팝나무

아파트 사이로 하얀 꽃잎 흐드러져
푸른 초록의 흔들림을 바라보고 있어

가지에 말이 없어 입을 모아
탐스럽게 피어 휘어진 나뭇가지 힘겹다

솜사탕처럼 향기가 달근하고
매력적인 너를 만나고 오면
시간을 기억의 온기 속에 파묻어
사랑이 있고 유치가 있어
새끼손가락 걸어보는 너

예쁜 봄날
아이들 웃음소리
청춘의 푸른 소리
조팝나무꽃들이 환하다

상수리나무 꺾어

당신의 잠자리가 불편하다 생각 못 했어요
날이 새면 새잎이 돋아난다고만 느꼈어요

발이 아파 걸음이 불편했을 때
뒷마당에 한 뼘씩 커 오르는 상수리나무에
작은 어깨를 기대고서야
당신의 따뜻한 숨결을 느꼈어요

거친 강물 앞에 발걸음 멈추고
늘 천천히 한 걸음씩 오르라고
일러주던 은빛 목소리
강물에 누워 다정스럽게 속삭여 주네요

아직 따뜻한 온기가 남아 있는
가벼운 새벽길 무엇을 기억하고 있는지
알 수 없는 나의 마음 하늘을 날아
상수리나무 꺾어 사랑을 담고 있습니다

그리움 지는 달빛 침묵

겨울이 소란스러운 새들에 나사가 풀려있다
산은 매서운 바람에 잠들고
밤사이 달마저 긴 한숨에 숨어 버려
달빛도 허리재에 꿈쩍하지 않았다

저 달은 내 눈 속에 표류하고 있고
코끝 찡하니 잠을 설치는
우울한 환상에 불끈불끈
허연 힘줄이 돋는다

달님은 보이지 않아 기약이 없고
애끓는 눈물 내려놓지 못해
육신이 타오르는 이 사랑도
침묵하며 귀 기울인다

봄 비

바람이 그치고 보슬보슬 비가 내린다
마른 나뭇가지 훌훌 옷을 벗는 들판
때맞춰 허리 펴고 새싹을 올린다

푸르게 이리저리 내리치고
발아래 툭툭 서서히 흐른다

빗방울이 비를 몰고 오는 형상으로
느닷없이 무지개를 만났다
티 없이 입맞춤이 번져나갔다
발걸음이 봄비에 마음을 주고
이쪽저쪽 고개를 떨구고 서 있다

겹벚꽃

본색이 분홍빛이라

홑벚꽃보다 늦게 피어 번뜩인다

세월 속 친근한 습관처럼

하냥 내 마음속 다홍의 봄을 맞아 즐기고

느림의 미학이 던지는 향기와 꽃망울

따스함 지닌 드높은 5월

첫발을 내딛는 행운의 날

멋진 겹벚꽃 풍경을 만나

두 눈을 살포시 감고 기도해 본다

삼월과 사월 사이

삼월의 기억 속
너의 얼굴은 늘 말이 없었다
큰 눈에서 반짝이는 회색빛 어둠
그 눈물 속 꽃은 피고 지고
오해는 타인의 영혼으로 사라졌다

하늘에 반짝이는 무수한 별 가운데
은색과 노란색이 비대해져
주황색으로 촘촘히 친근해지더니
뒷모습의 감각이 흔들리고
보아라
하룻밤 사이에 나뭇등걸이
하나씩 불어나는 갸륵한 초록의 입김
마음에 고요처럼 들어와
한사코 눈길로 사로잡고는
조금씩 더 푸르게 사월로 빠져들어 간다

이름 없는 나무들 자라고

설레는 약속에

봄비를 재촉하며

사월의 깊은 눈빛 속으로

풍경을 그려본다

소용돌이치는 사월

그리움 차오르고

넘실대는 하늘은 더 높이 올라간다

풀 잎

눈물이 서러워
파란 하늘에 이슬이 그리워
포근한 햇살 눈이 부시다

한잎 두잎 숫처녀 가슴처럼
꽃대 위로 풀잎은 꽃잎으로
새순 돋아난다

보드라운 속살 가지로 뻗고
움츠린 향기 치솟아
무지개처럼 뜨겁게 피어나는 생명
초여름 들녘 눈부신 풀잎들
찬란하게 춤을 춘다

여름의 트랙

제6부

염 전

거센 바람 불어오고
먼발치에서 저기인가 저기여라
깊은 햇빛에서 태어난 눈부신 생명이
하얀 꽃을 피우고 있다

뜨거운 마음과 침묵으로
너의 근육에 핏줄이 돌아
때때로 밟고 앙금을 만져보며
하얀 꽃의 진한 향기를 투시해 본다
지대가 낮아 고인 지표수도
해안가 옆 염전에 펼쳐있다

뭉클한 소금의 냄새는
유난히 나를 흡입한다
유혹하는 파도 소리와 살아있는 생물들의
불안한 기색에서 더욱 빨려 들어간다

이웃에 바닷물을 모아 증축시켜

땡볕 아래 소금을 만드는 누테와 난치[4]의
증발지에 귀한 소금이 영혼처럼 쌓여있다

스멀한 바람은 소금을 가르고
흰 구름은 천국에서 신을 보내
가시렁치[5]에 쌓아 세상에 빛과 소금으로 내리는
완벽한 언어로 구사한 찬란한 설렘의 맛
눈처럼 아름답다

---

4) 증발지, 바닷물을 잡아두고 졸이는 못
5) 시흥 염전에서 소금을 실어 나르던 차

매일 침묵하는 의미

썰물이 빠져나간 갯벌
파도는 나에게서 사라졌다
자욱한 안개는 바다를 잠식 중이다

매일 파도 치는 모습을 바라보고
언제나 침묵을 지키는 의식을 한다

입술을 부들부들 떨며
스쳐 간 인연의 자취를 밟아보고
부두에서 숨 막히는 시간을 울부짖으며
더 큰 출항을 위해 오늘도 침묵 중이다

거짓말

녹슨 나사가 자꾸 삐걱거린다
모습마저 괴로움에 잠겨
얼굴은 캄캄한 어둠 속 분노의 질주
꼼짝없이 일그러지고 허물어진다

길어진 모가지가 갸우뚱갸우뚱
하늘도 알고 땅도 아는
자명한 사실에
너는 어찌할꼬

허리끈이 끊어지고
얼굴빛은 천연덕스러움 변신의 끝장이다
흔들리고 불안한 모습
거짓말에서 모두 깨어나
진실을 말하는 넋이 되시지
눈을 크게 떠
더 선명하게 기대해 보며
헛웃음으로 지나가다 다 지나가다

죽방멸치

바다는 출렁이고 있다
물결 세찬 파도에 허연
웃음소리 파리하다
처얼썩 소리 내며 뼈를 깎는
연안에 죽방렴6이 소리친다

은빛 검푸른 생(生)들이
밤안개 자욱하고 흐린 날
나직이 숨소리 가라앉히며

비린내 물씬 풍기는 순간
갈매기 끼룩대고
뱃사람들 파장에
되돌아갈 수 없는 원형 속으로
끌어 올린다

바쁘게 오른 가슴만큼

6) 좁은 바다 물목에 대나무로 만든 그물을 세워 물고기를 잡는 전통적인 어구

어둠이 앞을 스치고

저마다 깃발을 높이 더 높이

부스스 넘실대는 은빛 덩어리

축축한 마음에 포물선을 그리며

모진 풍상 파도에 넘치는

만선이다

여름의 트랙 I

오랫동안 잊혀진 거리였습니다
좁은 골목 안에 낡고 허물어져 가는 삭은 문 사이로
나팔꽃이 환하게 피고 누런 들판이 보입니다

아이들끼리 공을 차는 모습이
눈에 들어오고
희뿌연 콘크리트 벽에서는
스며든 사람의 숨과
지나간 흙발 자국 냄새가 유용했다

문득 무더웠던 여름의 그늘
아리게 내 마음을 들여다보는 것 같았다
한 아이가 골목 끝에서 술래에 눈을 가려
사력을 다해 고함을 지르고
나비도 아이 옆에 길게 누워 합장한다
무지한 세월도 알아차렸는지 어릴 적
걸었던 추억에 푹 빠져든 사유였습니다

오히려 내가 새로 이사 온 사람처럼
마음을 설레며 어린 친구들과 함께
온전한 시간으로 채웠습니다

뜻밖의 행운에 나팔꽃도 함께
사진 속의 친구였습니다

무더운 태양 사이로 찬란한 여름의 트랙은
죽음의 길목에서도 빛으로 거듭납니다
시간은 위대한 여름을 더욱 빛나게 하는
포옹이었습니다

여름의 트랙 Ⅱ

더운 공기는 바람을 안고
폐 깊숙이 새빨간 감정을
뛰게 한다

흐르는 땀방울
내리쬐는 햇볕 속으로
존재하며 존재스러운 삶의 숨소리에
여름은 저편 가을 속으로
밤하늘의 별과 달과 호흡을 한다

새벽 동트는 소리
여름은 돌다 만 트랙에
다시 가속을 안고 한 몸처럼 옮긴다
온통 벅찬 숨소리
손을 뻗어 팽팽한 구름에 안겨
우리가 사랑했던 당신의 고단한 눈동자
더위에 푹 익어 은둔으로 배를 채우고 있다
짙은 녹음 속 빛나는 태양

천천히 느리고 팽팽한 풍력 속으로

색색의 광기 있는 있는 가을을 맞는다

칠 월

잎새들 여름 하늘을 찌르고
플라타너스 줄지어 어설픈 신열을
끌어내린다
더위 앞에 완강했지만, 오히려 바람에 매달려
교묘하게 내몰린 몸뚱이
밤새 가는 실핏줄이 울퉁불퉁
두 손을 만지며 지독한 더위에
내 육체조차 무지하다

이른 새벽 아침이 눈부셔
흩날리는 옷자락은 어제와 다른
향수에 살아있음을

사려 깊은 기억 속으로
거침없이 뿌리를 내리고

여름의 문턱에서
세상을 알아차리는

하얀 안개꽃은 피어오르고

사랑하고픈 망각이 설레는

칠월의 사랑비가 내리고 있다

수룡 폭포[7]를 바라보며

용이 승천했다는 수룡계곡
보련산과 쇠바위봉 사이에
흐르는 마음의 계곡수다

그리운 어머니 품은 노을에
아이들과 푸르게 살 부비고
기꺼이 계곡 자락에
마음을 풀어 놓는다

새들도 구름 사이로
물 굽에 휘몰아
날갯짓 외침을 한다

눈부신 날 수룡 폭포에 마음을 씻고
산 그림자 벗 삼아
마침내 자연 속으로

7) 충주 노은면 수룡리에 위치한 폭포

하나가 될 수 있는 여유를

가져본다

어머니

세상 한가운데 앉아서
한 폭의 그림을 그리고 계십니다

사랑해라, 서로 사랑해라
더불어 살아가야 한다는 진실의 말씀
가슴 비우도록 하시며
그렇게 앙상한 뼈마디로 떠나가셨는지요

눈이 오나 비가 오나
항상 앞을 똑바로 보고 살아가야 한다는 그 말씀
가신 다음에야 사무친 그리움으로 알게 되었습니다

어머니의 환한 미소가
포근히 감싸 안아 주실 때
제 마음에 수선화꽃이 피었습니다

어머니
당신이 그린 한 폭의 세월

온전히 사랑하겠습니다

부레 옥잠화를 쏙 빼닮은 당신을

보고 싶습니다

그립습니다

거센 파도는 잔잔한 물의 휘말림에서
바다를 고요하게 유지한다

하늘을 쳐다보고

내 머리 위에 펼쳐진 우주의 현상

갑자기 신음하다 새카매지고

그것도 모자라 요란한 소리와

굉음은 우리를 불안하고

어딘가에 숨고 싶게 만들었다

축축한 습기는 목젖까지 밀려와

내 몸조차 두려워 어느 물속으로

헤엄쳐 들어가고 싶은 충동을

느낀다

아랑곳하지 않는 시간에 세찬 빗방울이라도

내려 주기만 하면 하얀 파도를

보는 신선함이 되살아 나는

기분을 맛볼 텐데

어떤 행동이든 그 행위의 주체는
자연에서 일어나 인생의
일련의 삶에 짜인 시간을
변화시키는 현상일 뿐
정확한 목표라고 생각하지는 않는다

대기가 뜨겁게 올라 거센 파도 만들고
우리의 마음을 방해할 수는 있어도
속박에서 벗어나게 할 수는 없다
그래서 바다가 그립고 그립다

여름의 트랙

제7부

날아가다

몇 해 전 우리 집 식탁의 나비는
어둠이 내려오면 울타리를 벗어난다
고민 없는 경고의 눈초리에
주위가 고요해졌지

잊혀질 무렵 돋아나는 새싹에
어려운 상황이 벌어지고
강 위로 떼를 지어
가늘고 긴 빛을 따라
끝없이 날아가다

우리는 하염없이 빛에 빠지고
더 먼 곳으로 영혼을 옮겨본다

해는 다시 떠오르고
나비는 날아오지 않았다

허전함에 어긋난 생각을

떠올려 보지만

어둠 속에서 침묵과 마주친다

날개가 없다

다시 바라보았다

길이 보인다

날아가다

아버지의 계절

파리한 바람이
하늘을 휘감을 듯 병든 고목이 지쳐 보인다

동이 트는 새벽이면
자식들 머리 쓰다듬으시며
마음의 일과를 시작하셨던 생전

내려앉은 구름 위로 간간이 흰 눈이 내리고
크리스마스이브에는
올망졸망 둘러앉아
백설 공주 이야기와 달님 닮은 둥근 빵을
내어주셨던 그리운 아버지

낙엽이 떨어지고 앞마당에 흰 눈이 쌓이면
동백나무에 빨간 꽃이 올라
한 잎 두 잎 떨구던 그 시절
아버지의 따뜻한 사랑이 그립다

그날 새벽에도

혹독한 고열에 폐렴까지

냉가슴 부여잡던 그 날

아버지의 계절이 사라졌다

꿈속에서라도 만날 수 있다면

유년의 계절이 그립다

독박을 쓰다

누군가에 애써 맘을 써주며
삶에 리듬을 부여하고
꽃다발을 선물할게요

각기 다른 마스크에 가려진
얼굴의 모습을 기억하기가 어려워
빡빡 와르르 허물 덩어리
릴케의 시집에 깊은 감동을
루살로메의 사랑에 존경을 알았기에
사랑의 결핍을 얘기해 왔다

사실 그가 떠나고 기억하는 사람끼리
눈물 아닌 독박으로 밀려오는 폐허를 느끼며
이따금 칼칼한 감정을 느꼈을 뿐이다

그러지 않고는 온전히 사람을 믿기가 힘들었다
어떤 날은 눈물을 펑펑 밀어내기도 하고
어느 날은 두려움을 떨구고

이젠 숙명의 아침을 가슴에 가득

영원히 상관없는 일로 그대를 맞이하리라

한 겨우내 동백꽃이 만발이요

겨울 햇살 속 장작불 같은 정열

여기저기 아우성 따윈 잠시

머물다 가는 허물이라고

다행이고 괜찮다고 해도

좋을 것 같다 점차 잊혀진다

그들은 자신도 잘 모르기에

꿈속에서 눈을 감는다
흔들리는 세상에서 검은 안개가 흘러간다
까만 눈동자 안으로 들어오는
무한한 세계
회색빛으로 희미해지면서
안으로 안으로 기억의 빛으로

시간이 지나고 또 지날 때 그들은
뒷걸음치며 무엇을 말하려 하는지
눈물을 닦으며 나약함을 보인다
저렇게 많은 눈물이 사라진다
뒤돌아볼 수 없는 자신을
죽이면서까지나
시간이 흘러도
누구나 자신을 잘 모르더라
어루만져도 자신을 잘 모르더라
이내 그들은 마음을 숨기고 있었다
자신도 모르는 흑백을 믿지 못하고

떨치며 걸어가고 있다

우리는 슬픔을 잊으려

모두 떠나간다

자신도 잘 모르기에

소문

봄이 오는 바람 소리 들었나
뒷집 아낙네 눈을 크게 부릅뜨며
귀를 바짝 세우고
달빛에 치장하고 몸짓을 부린다

흔들리는 몸을 똑바로 세워 보고
애절하게 수줍은 집착을 보이며
소문을 몰고 오는 바람 앞에
떠나지 못한 그리움에 눈물 보인다

깊은 밤 애절한 심정 끓어오르고
어느새 내 안에 두려운 불빛이
소문에 지쳐 신열을 토해내고
산뜻한 바람에 시샘이 다녀간다

별별 소문 뚝뚝 떨어지고 증오심도 비켜 가니
눈물 한 자락도 아깝다
소문일 뿐 먹구름이 지나가고

소나기가 쏟아진다

폭풍에 실려 지나가는 일

퇴임의 만찬

뒤척뒤척 허튼 잠꼬대

무심한 눈빛에 뒤척인다

마무리했다는 안도와

먼 걸음 떠나 자신의 자리로 돌아와

갈피갈피 쌓인 속살 곱씹고

한편의 의식을 보며

스스로에게 큰 위로를 던져 본다

앞마당 물기 오른 감나무도

풍성한 열매로 만나니

흘러가는 세월이 멈춘 듯

침묵으로 위로받는

즐거운 날이다

계절이 바뀌고 시간의 중심에서

인생의 무게를 느껴보니

끝나는 것이 아니라 새로운

시작을 의미하는 만찬을 원초적으로

누리고 있음이다

성묫길

눈동자 크게 뜨고 허공에 매달려

끝없이 높은 하늘을 우러른다

성묘 가는 길 지천에 코스모스 흐드러져

바람 따라 출렁출렁 울컥 삼킨다

여전히 돌아올 수 없는 길에서

발목을 묶고 무릎을 끌어

아슬아슬 뭉클한 눈시울

모두 떨어져 나간 긴 상처만이

투명하게 올라온다

그래도 이 들녘에

따뜻함이 찡하다

고삐 풀린 듯 살아온 삶의 무게에

피 말리던 몸부림을 몰아치고

곱지 않은 날을 일깨워 주었기에

하염없이 눈물을 보인다

몇 번이나 더 보려나

훗날 눈에 익은 얼굴을 볼 수 있을지

허물고 지나가는 수줍은 성묘길

의식을 내려놓으며 힐끗힐끗

발걸음을 옮긴다

무명 이불

마당에 널린 뽀얀 무명 이불
바람에 스치운다

숨바꼭질하던 아이들
빳빳이 풀 먹인 이불 속으로
깔깔깔 소리 내며
안간힘으로 등 돌리고
박 터지는 말로 소리친다

신나는 광경에 소스라쳐
눈이 부시다 못해
잊고 지냈던 삶을 꺼내어
혼자 웃고 마신다

잊을 수 없어
끝없는 빨랫줄의 무명 이불
포근한 어머니 품속 같아
얼굴을 묻어 애쓰지 않기를

잠시 툇마루에 걸터앉아 쉬던

당신의 삶이 반짝반짝

빛나 보인다

가을하다

햇살이 시린 날이 오면
어머니 굽은 등이
고즈넉이 내려앉는
콩밭에 마음이 쏠린다

툇마루에 한가득 널어놓은 서리태
그 옆 참깨 위로 고소함 털어가는
벌과 나비는 위이잉잉잉
어머니와 함께 바쁘게
옮겨 놓는다

저녁이 되면
어머니 무릎이 시려 눈물 고이고
빨갛게 물든 단풍도 고개 숙여
꽃그늘 속에 문안드린다

흙 속에서 거둔 가을
어머니 치마폭이 춤을 춘다

기억의 폐허

방황의 시절 별도 뜨지 않는 하늘
막막한 삶이 무거워
햇빛 속살이 비켜 가고 있다
마음을 내려놓으니
꿈 한 자락 텅 빈 시간이다

세상의 절규에 요란스럽게 잠을 깨고
오히려 주먹을 불끈 쥐고
막막한 어둠에서 헤쳐나오지만
하늘 높이 떠도는 폐허
메아리로 울림이 되었다

멍들어 서럽고 시린 날개 벗어던지니
하늘 높이 간절한 소망
제자리에 살아있음을 절절히 느낀다
시간 앞에 그 기억은
허약한 바람을 따라 폐허로 사라진다

어 둠

어스름 바람이 스멀스멀
매서운 추위 속 수목의 잎사귀들
비스듬히 내려앉는다

웅장한 어둠은 저녁을 위로하고
우리 곁에 내려와
의식의 단상으로 선한 미소로
노래 부르고 있다

시간은 저만치 어둠을 쌓고
푸른 지평선에 수없이 포물선을 그리며
비로소 마음을 열고
일상을 축적해 새롭게 귀 기울인다

마음은 흥분을 가라앉히고
하나의 눈빛으로 세상을 바라본다

어느새 지상 위에 새벽은

어둠을 몰아내고 있다

여름의 트랙

제8부

흰 눈

하얀 눈이 부시다
맑은 하늘 순백에
마음을 비춰본다

낙엽 위에 흰 눈을 가만히 들여다보면
기꺼이 떠오르는 수줍음의 모습
참지 못해 흰 눈에 얼굴을 묻고
자연의 소리를 듣는다

설레는 마음 눈길 위에 눈사람을 만들어
한 발 두 발 아련한 추억을 새겨 놓는다

지나가는 행인들
눈꺼풀에 내린 눈물도 닦지 못하고
눈사람에 가만가만 취해
마음껏 겨울을 사랑한다

김장 만찬

초록빛 숨결 움트는 소리 구름처럼 통통하다
씨앗에서 돋아난 바람의 생명이
따가운 여름 햇빛 품어 샛노란 배춧속

고랭지 배추는 햇살에 몸을 일으켜 비상하고
서너 겹 환상의 생명으로 남모르게 옹골차다

어머니와 이웃들의 흐뭇한 미소와
늦가을 빨간 고추 조각조각 버무려
진한 겨울의 양식이 완성된다

앞마당 웃음소리에 오랜만 법석
둘러앉은 밥상의 풍성한 요기
하늘로 날아갈 만큼 따뜻함이 가득
김치가 익어가는 동안 나도 세월에 익는다

겨울 산(山)

겨울 산은
온천지가 땅 위로 내려와
산기슭 옹달샘 위로
곱게 사 잠든다

빈 쭉정이와 거저 버릴 옥수수대궁밖에는
보이지 않는 끝없는 황량한 숲에서
혼신을 다하여 어디론가 사라지는
작은 새들이
매서운 소리를 지르며
끝없이 생명을 잉태하는
태초의 영혼이
능선을 따라 피어오른다

군데군데 헐벗고 굶주려 휘청거리며
떨고 있는 수목들이 땅속으로
짓눌려 버렸지만
앙상한 가지 끝에서 빙빙 솟구치는

달빛 소리는 속살 드러낸

겨울 산의 벅찬 희망으로

내 가슴속에 남아 있으리

겨울의 소리

초저녁부터 찬바람이 눈빛 속으로 들어온다
간밤에 진눈깨비 가쁜 숨결 위에
창백한 그림자로 머물고 있다

먼 산 산봉우리에
날카롭고 휘어진 바람 소리가
서러운 듯 조심스럽다

겨울의 소리는 외로워
깊은 세월 속에 잠겨
산맥을 쫓아 둥지를 틀었다

칠흑 같은 안갯속의 눈으로
점점 불꽃 같은 윤곽을 보이며
따뜻한 온기로 받아들인다

아기 동백꽃

찬 바람 불어오면 핑크빛 아기 동백꽃
유난히 붉은 감정 드러내고
속눈 틔우며 활짝 핀다

파도의 운율이 있고 꽃 주름 위에 양지가 있어
불꽃처럼 타올라 두근거리는 내 마음
자연스레 뻗어 틈새 없이
활짝 핀 꽃망울 사이로
동백꽃이 피고 지고 또 떨어져 바다로 쓸려간다

해가 떨어지는 저녁노을 속에
꽃잎 보듬고 기대어
저리도 아름다움을 뽐낼 수 있을까

저 평화로운 생각에
아기 동백이 피고 진다

별이 반짝이는 밤이면 어머니 그리움

저녁이면 기침을 멈추지 못하신다
나흘째 이어지는 슬픔이
표정 없는 숯덩어리로 변색되어 간다

늘 맑은 물 흘리시듯 얼굴빛은
눈빛으로 허락되었다

해가 기울면 책장을 넘기시며
울컥울컥 소리를 토해내신다

파리한 모습으로 유난히 별을 쫓으시고
깊숙이 허물어진 마음을 지탱이라도 하시듯
생각의 그물을 툭툭 털어내셨다

그 옛날 아버지께서
별을 따다 주신다는 약속에
청혼을 받으시고
삶의 날갯짓 일으켰지만

이제는 멀리 저만큼 사라져

삭아 떨리는 손이 외롭다

몇십 년이 흘러 애처로이 지나간 세월

마음의 핏빛 담아둔 그리움

저린 가슴속에 별을 잠재우고

그리움 속으로 떠나가셨다

이 사

노란 은행잎 후드득 떨어진다
바람 싣고 온 마음 담아 지구로 향한다

숨 내리는 나무와 하늘이 달라 보이고
이삿짐 차에 머리가 깨질듯한
화분을 구름에 실어 허허롭게 달린다

그곳에 내 얼굴 내밀어 손을 잡고
하얀 접시 가득 사랑을 나누고 보니

빛이 쏟아지는 투명한 창가에
내게 남아 있는 당신의 별들이
가슴안으로 훅 들어온다

애써 마음을 비우고
내려놓고 싶은 꿈을 정화시키며
차오르는 의연함에 발끝을 세운다

이삿날은 사람과 사람의
마음이 허전했다 그리웠다

어디서든 초겨울 바람이 후우욱
엉켜진 시간 속으로
우리와 함께 살아가고 있다

사과를 깎는다

사과를 깎으며
구부러진 손가락의 세월에
달콤한 향기 가득하다

빠알간 껍데기 깎기가 서러워
창가에 빨간 사과를 걸어 놓으며
밤이 이슥도록 바라본다

사과를 깎는 일은
스스로를 담아내는 응답에
묵념을 끝내는 상큼한 고통이다

능선에 핀 사과나무 위로 해가 뜨고
욕망을 채우고 달빛도 보고
사과나무 길을 걸어본다

바람에 흔들려 사과꽃 지고
우리의 기도만큼 열매에 정성을

간단하지 않은 순리에 응하고

발갛게 매달릴 과수원을 바라보며

첫사랑의 운명처럼

벌건 가슴 매달아

길게 사과를 깎는다

자명종

숲을 이루는 은밀한 잠꼬대에
꿈틀거리는 아늑함
뒤척거리며 벌떡 아침이 눈부시다

내가 데스밸리[8]에서 기억했던 은하수
아름다운 밤하늘은 하얗게 빛나는
깨달음에 가까운 자명종이다

낮은 창문가로 불어오는 고단함
혹여 앓아누운 날도
소리 없이 깨어 의식이 있었기에
말 없는 어머니의 자화상과 같다

별들이 총총한 가을 뒷산 밤 가지 떨어져
온갖 풍경 망태에 담으며
부풀어 오른 달빛 아래 짐작으로 살아왔다

---

8) 미국 캘리포니아 서부 사막

이제 머언 땅끝까지

따사로운 햇살을 따라 어머니 곁에서

정다운 옛날이야기를 나눈다

세월이 흘러도 침묵의 시간은

스스로를 일깨워지기에 눈부시다

괘종시계

부스스 할아버지 놀라 벽을 쳐다보신다
시계가 죽었어 고래고래 할머니에게
큰소리 높여 망가지신다

누가 죽어 휘둥거리며
어이없다 애써보지만
괘종시계 깨어나지 못했다

마당에 물이 넘쳐흐르고
할머니 눈물에 온 사방이 서럽다
너무 오래 살았어
무심한 세월이 진다
내 마음도 따라간다

여름의 트랙

제9부

그 사람 여기 없어요

9월의 거리에 몸을 비비며
꽃밭에 누워 혼을 묻어
조용히 나뭇잎 속으로 안간힘을 쓴다

내 사랑은 시작되었기에
가을 단풍 속으로 얼굴을 담근다
사이사이 흔들리며
축 늘어진 담쟁이덩굴
널뛰고 휘어진 몸부림
누군가에게 생의 한 부분
늦가을이 헤아려주는 듯

표정이 거칠어도 계절을 느끼고
들리지 않는 소스라침에도
겨울을 감고 살려는 끈질긴 본능
그 사람 여기 없어도
그 속에 내가 보인다
생각하며 눈을 굴리고

혼자서 표정을 가볍게

차 한 잔에 위로받는다

아는 척할까

지나가는 길에

후드득 하늘에서 꿈이 떨어진다

내 머리 망가지고

비명을 지르고 숨이 막히고

주위의 누구도 아는 척하지 않았다

눈물을 닦을 땐 기도 할 내 손이

벌벌 떨고 있었다

온몸에 열이 나고 염증이 퍼진 듯

꿈속에서 지상으로

알몸의 영혼을 내리고

버거워 절반은 삼키고

누구는 암묵적으로 한쪽 눈만 감고

무엇을 고민하는지

숨을 고르며 현실을 내려다봤다

아는 척할까

마음은 이미 다 상해

망가졌다

그러나 이상하지 않았다

폭풍전야인 듯 지나가고 있다

제발 척하지 마세요

현실을 떠나보내고 있다

우연의 필연

내 안에 너는 있고 나는 없다

숨을 내쉬고 좁다란 빛 속으로

겁에 질린 부재의 틈

만지지도 느끼지도 못하고

시간의 변이 속 천천히

손 내밀어 보지만

덮쳐 내리는 지독한 숨

우연히 너와 만나

느리고 질긴 생애 만들고

육체가 부딪쳐 안으로 고통을 삼키고

죽음에 내몰리는 어둠의 필연

해가 뜨고 별이 사라진다

천지가 고요해지고

새 옷으로 갈아입는 동안

기다림도 지루함도 시간 밖의 외로움

문득문득 서로에 기대어

뒷모습만 바라보다 견디기엔 나약해

부끄러워 눈물을 감추어

오랜 시간 속으로 숨어들고

끝끝내 침묵 속으로

누군가에게 우연일까 필연일까

귀 촌

평생 허락되지 않았던 삶
떠밀려 가는 도시의 생활에서
오랜 방황을 접고

숨을 맞추고 홀로 발돋움에
옅은 미소 설렘 얹어
옷자락 가볍게 몸살을 떨쳐낸다

저녁마다 기도에 몰두해도
비워야 할 마음 따로 있으니
오히려 찬바람도 아까울 것 없다는
빛과 어둠에서 서성거릴 필요 없다

이젠 구석구석 번지는 불편한 설움
어울려 자연에서 꿈으로 키운다

사라진 설렘

응시하는 내내
그녀의 마음을 알 수가 없다

은근히 시간은 빛나고 심장은 감옥 속
막막함을 넘어 하루를 마무리할 즘
노란 때까지 한 마리 사뿐사뿐
훌쩍 날아가 버린다

아무것도 보이지 않는데
눈부신 설렘 그렇게 심각하게
숨이 흩어져 버리고
붉어진 눈동자 비스듬히
목구멍 속으로 창문을 닫는다

너의 기억 속에서

그 사람 별로였어요
참 슬퍼 보였는데
아니에요, 생각이 깊은 사람이죠

자신조차 알 수 없는 기억 속으로
매일 눈을 감고
꿈속에서 하염없이
눈물을 쏟아낸다

내 안에서 숨을 쉬고
또 몰아쉬고
가슴 깊이 새겨진
운명의 기억

문득 흠씬 너를 바라볼 때
너의 마음을 생각하며
견딜 수 없었던 혼잣말

꽃잎이 하염없이 떨어지고

바람도 세차다

문득 너의 기억이

바람에 실려 간다

마음도 기울어진다

엄마의 화단

어스름 새벽 혼이 선명하다
당신의 걸음이 분주하고
여린 새싹들 모락모락 피어올라
살랑살랑 바람이 얼굴을 스친다

평생 연약한 몸짓으로 들여다보고
축축해진 어깨 곤두세우며
희망의 싹을 틔우듯
자신을 움직여 달빛을 누리고
고운 지상의 꽃밭을 만드셨다

시간이 흘러 그곳에 가면
온전한 설렘에 마음 들떠
견딜 수 없는 추억에
소리 없이 눈물 닦으며
당신 품속에서 하품하며
하루를 보낸다

내일도 모레도

엄마의 화단은

늘 빛나는 봄이다

조 락(凋落)

늦가을 길목에서 겨울의 코끝이 시리다
숨 쉬고 허해지고 나뒹군다
오색의 단풍에 열이 오르고
그리움 허리에 감추듯
느리고 오랫동안 너를 보려 해도
고독한 오한에 후드득후드득
비명의 끝에 나약한 정체

처음에 단단히 눌러
흔들리지 않고 무성히 넘실거리길 족하고
그저 나무마다 바람과 햇살로
지상에 내리고 회색빛 뿌리로
눈부시길 바라는 지독한 능선

세상이 독단과 환청에 기웃대더니
나무마저 지지부진한 목숨을 떨구는구나

겨울이 반갑다

숨과 쉼의 조락 사이로

아무도 미워할 수 없는 현상이다

그녀의 침묵

내가 아는 그녀는

해가 지는 거리에서

엎드린 채 말을 씹어 삼킨다

오랜 슬픔을 깨우며

그녀는 아침마다

혼잣말로 흘리듯 말을 씹어 뱉는다

다만 모르게 다정한 듯

부드럽게 미소 지으며

매일 침묵으로

말하는 날이 바빠지고 있기에

나직이 공손하게

자화상을 바라보며

희끗하게 바싹 마른 계절처럼

귓가에 울리는 기억을 내려놓고

고요한 침묵

깊은 폐허 속 손을 내민다

오랜 시간이 지나 끈끈한 침묵 애써 들여다보니

눈망울처럼 맑고 동그란 마음

속살이 비치는 하늘 속 같다

여름의 트랙

해설

감각의 시어와 응축된 시상
칼레이도스코프의 상상력을 표현

박정원

(교수 영문학자 평론가)

1. 여름의 트랙

1) 시의 감성을 잉태시켜 빚어내는 창작의 시편

"상수리나무 잎이 흔들리고 그 위로 뭉툭한 가지 단단한 깍 접이 붙어 습관처럼 다가와 부르는 봄날"의 불안한 소문과 밟힌 꽃잎, 헤픈 웃음소리를 뒤로하고 시인이 마침내 '여름의 트랙'으로 들어선다. 고단하나 들떠 보이는 발걸음으로.

태양과 소나기, 생명력과 부패가 공존하는 여름날, 시인을 바라보며 참으로 '우묵사스레피꽃'을 닮았구나 느꼈다. 자연애와 숭고한 정신을 꽃말로 하는 매그놀리아 과이면서 축축하고 아련한 곳에 피어나는 꽃. 야단스럽게 쏟아지는 소나기를 피해 넘침도 소용돌이도 걸러내는 우묵한 한 자리를 차지한 꽃. 추위와 바람에 지고 떨어진 자리에서 영롱하고 강렬한 아름다움으로 피는 우묵사스레피꽃.

> 무더운 태양 사이로 찬란한 여름의 트랙은
> 죽음의 길목에서도 빛으로 거듭납니다
> 시간은 위대한 여름을 더욱 빛나게 하는 포옹이었습니다
>
> ―「여름의 트랙 Ⅰ」 부분

2. 세상은 요지경

1) 역설과 아이러니의 표현방식

따스한 호흡이 돌아 생명의 '잔털'처럼 묻어나는 시 「봄날」을 시작으로 '속살이 비치는 하늘 속' 같은 마음으로 전하는 「그녀의 침묵」으로 끝을 맺은 9부작 시집은 지상의 온갖 사물들을 부지런히 편애하는 시인의 경험과 감각의 세계이다. 등단 23년차, 감상하고 표현하는 것에 경험과 상상력의 깊이를 더해왔겠지만, 놀랍게도 이 시집은 표현방식과 형식에서 훨씬 젊고 역동적이다.

얼핏 사소한 사건이나 현상처럼 보이던 시인의 언어들의 가장 두드러진 특징 중 하나는 역설적 표현과 고의적 반어법이다.

시인의 언어뿐 아니라 매 편 시행의 정렬과 백 편이 넘는 시의 순서 배열 역시 시인이 추구하는 미학적 질서를 찾아가는 독특한 과정이다. 그녀의 미학적 대상은 표면적으로는 자연현상과 사물인 듯하지만, 궁극적으로는 인간 세계이다. 그러면서도 시의 기본 명분인 감상의 즐거움을 배제하지 않는다. 월레스 스티븐스의 "시란 감수성의 형식이다."라는 고전적 주장에 맞는 풍부한 감성적 시어에 리브레또(오페라의 대본)의 율동 또한 실어 두었기에 낭독하는 즐거움마저 따른다.

그러나 아름다운 언어의 율동 뒤에 배열된 갖가지 의미와 상징을 제안하는 방식으로 시인이 선택한 형식은 역설과 아이러니이다. 예를 들어, 기호적 해석만으로는 무관해 보이는 어휘들은 연신 새로운 등가 관계를 맺으며 의식을 확장한다. 또한 의도적인 반어법이나 시적 아이러니를 장치해 놓음으로써 시인은 독자들의 감상적 안주(安住)를 불허한다.

「갈까마귀」가 특히 그러하다.

숨을 몰아쉬는 사이

내 정수리가 삐죽 머리 위로 날아간다

빛나는 강박감에 숨죽여 바라본다

하늘을 날으며 힘찬 날갯짓의 위로가

계절을 몰고 애절한 그리움 보인다

사람들이 사라지고 영혼도 사라질 때

나른한 몸을 깨워주는 갈까마귀

늦가을 혼탁한 세월

어디로 날아가 흔적을 보이랴

바라보아도 어느 곳에 있을지

세차고 뜨거운 존재의 의미가

고스란히 서로를 포용할 때다

―「갈까마귀」 전문

일찍이 애드거 엘런 포는 자신의 시를 불확실한 감정
의 통로로 여기면서 주변의 사물을 자신의 비극을 비
추는 거울로 설정했었다. 특이 '갈까마귀'는 그의 상실을 대변하는 투사체로, 처절한 그리움, 삶과 죽음의 중간 세계 어디쯤에서의 불안감의 상징이었다. 그는 주변 인물들을 넓은 통창을 통해 쏟아져 들어오는 햇살을 가리는 존재로 인식하였고, 사랑의 결핍으로 인한 정신의 핍박을 검은색의 까마귀- 포는 갈까마귀를 부르며 이름마저 모든 희망을 부정하는 '네버모어'(nevermore)로 지어 주문처럼 외친다 -와 일치시켰다. 포의 고독과 단절을 의도적으로 상기시키지만, 시인의 '갈까마귀'는 '애절한 그리움'과 '혼탁한 세월'에도 누군가에게 '뜨거운 존재'이며, 그래서 갈까마귀가 날아간 뒤에도, 그리고 사람도, 영혼도 사라진 뒤여도 새로운 생명이 그 뒤를 따르리라는 위로를 전하는 메신저이다.

'빛나는'과 '강박감,' '사라질 때'와 '깨워주는'이라는 반의적 언어를 사용하여 주관적 경험과 인식으로 시인은 변화와 무질서가 곧 상실은 아님을 고백한다.
이 시는 7부의 첫 시로 이어진 「날아가다」와, 마지막 9부의 첫 시 「그 사람 여기 없어요」와의 연작처럼 느껴진다.

해는 다시 떠오르고
나비는 날아오지 않았다

허전함에 어긋난 생각을

떠올려 보지만

어둠 속에서 침묵과 마주친다

날개가 없다

다시 바라보았다

길이 보인다

날아가다

– 「날아가다」 부분

'날개가 없다'와 '날아가다'라는 논리의 불일치는 가시적 현상에 대한 목격이 아니라 주관적 경험이며 성찰이다. 이 시는, 출현과 돌아옴의 상징으로 등장하는 '해'가 날아오지 않는 나비의 사라짐과 병렬되어 있다. 정형화된 상징의 선입견을 깨고 시인은 나비의 사라짐과 해가 뜸을 독특한 맥락으로 받아들인다. 날아간 나비 뒤로 보이는 '길'과 그 위로 날아가는 존재의 의미는 무엇일까? 그것이 무엇이든, 떠남에서 새로운 관계로, 공백에서 새로운 채움으로 나아가는 희망의 길이 우리를 인도할 것만 같다.

표정이 거칠어도 계절을 느끼고

들리지 않은 소스라침에도

겨울을 감고 살려는 끈질긴 본능

그 사람 여기 없어도

그 속에 내가 보인다

– 「그 사람 여기 없어요」 부분

다른 자전적 시가 그러하듯 과거 어느 시점엔가 겪었을 시인의 부재와 상실이라는 개별적 사건을 여백에 감추고, 시인은 '그 사람 여기 없어도', '그 속에 내가 보인다'라고 말한다. 사랑이란 다시 시작할 수 있는 희망이다. 누군가는 결말이 새드앤딩(sad ending)임을 안다 해도 사랑을 멈추지 못한다. 또 누군가는 사랑으로 인해 균형을 잃기도, 쓰러지기도 하지만 사랑이 그 연약함을 지탱해주길 기대한다.

'내일을 기대하는 마음이 새롭기에' 「지난 것은 새롭다」는 독특한 반어법의 시제도, '끝나는 것이 아니라 새로운 시작이라는 역설적 의미의' 「퇴임의 만찬」도 대조적 상황을 극복하는 시인의 균형감을 느끼게 한다.

3. 크레바스를 건너 새벽으로

1) 두근두근 크레바스를 건너다

가슴에 품은 사연을, 비밀을, 시를 통해 때로는 담담하게, 때로는 용기 있게 고백하고 있지만, 사실 시인은 차마 뱉어버리지 못한 서사의 용암을 품고 있었나 보다. 남극의 얼음 아래서 발견되었다는 91개의 화산, 그 절절하게 끓어 금세 터질 듯한 불꽃 위로 위태롭게 얹혀 있는 빙하가 비밀리에 크레바스를 감추고 있음이 떠오른다. 그녀는 자신이 크레바스 위를 걷고 있음을 알았던 거구나! 동시에 건넘이란, 나아감이란 위태롭지만 목표가 있는 설렘의 과정임도 짐작했으리라. 걷고 건너며, 연신 움직이는 빙하가 균열하는 아슬아슬한 여정 도중 발밑을 찢고야 마는 통증을 예감하며, 무시무시한 심연으로 추락할지라도 모험을 중단할 수는 없다. 불안정한 갈등과 분열을 건너 새벽을 향하는 모험가들만이 경험하는 설렘이 있지 않은가? 그래서 '잠시 등줄기를 타고 내리는 심장이 연신 두근두근'했으리라.

바다로 나가신 아버지의 새벽도

크레바스를 넘어 던지신 그물에

풍어와 노을을 담아내셨지요

억수 같은 정복의 질문도

우리의 진실 앞에 생명을 만들어 주고

깊은 크레바스의 무한한 신비에서

온갖 고행을 벗어나는 무량의 완성으로 깨닫는다

얼음벽의 투명한 미래의 크레바스

생명의 빛으로 지평선에 닿는다

　　　－「생명의 크레바스 나에게 정복의 말을 걸었다」 부분

그래서 시인의 크레바스는 거부할 수 없는 기회의 상징
이며 '생명의 빛'을 향해 지평선으로 나아가야 하는 것
은 결국 시인의 숙명인가보다.

시가 자아를 탐구임이 분명한데도 시인은 본능적으
로 자신의 진심을 정작은 언어의 뒤에 감추고 만다. 자
기 본질과 표현 사이의 간극을 가리켜 불길처럼 타오
르는 타자와의 열광적 관계성이라 부르지 않던가. 시인
은 끊임없이 자신을 들여다보면서 동시에 자신만의 언
어를 통해 타자와의 관계를 갈망한다. 시인의 언어는

순박한 서정을 뚫고 나오는 대범함으로 인간과 자연의 조화, 그리고 타자와의 상생이다. 그래서 그녀는 죽음 뒤의 삶과 불안 뒤의 성취, 상실 후의 관계, 겨울 후의 봄을 외쳤나 보다.

시인의 시간관념은 그리스의 신화에 그 원형이 있다. 신화적 의미에서 운명의 신은 '운명', '숙명', '되돌릴 수 없는 신의 결정 또는 신탁'을 주관하지만 본래 운명의 여신은 탄생의 여신이었다고 하니 시인은 탄생과 죽음을 개별적 사건으로 보지 않았을 것이다. 따라서 탄생 뒤에 오는 성장, 그 뒤를 따르는 노화와 죽음, 이런 식의 물리적이고 연대기적 시간을 불허했을 것이다. 「봄날」, 「삼월과 사월 사이」, 「여름의 트랙」과 「장마」철을 돌아 「그해 여름은 위대한 가을을 잉태하고」와 「카르마의 겨울」로, 운명의 수레바퀴가 돌아오는 생명의 순환 원리를 드러낸 시들이 사뭇 크로노스를 떠올리는 「자명종」으로 집약되는 듯 보인다. 우라노스에서 크로노스로, 그리고 제우스로 이어지는 먹고 먹히는 신들의 지배구조는 혼탁과 폭력의 파괴성을 상징하지만 동시에 구세계를 거세하고 새로운 세상을 열고자 했던 세대교체의 열망을 나타내기도 한다. 이러한 신화적 은유로 가득하지만, 시인의 시간은 의식을 따라 흐른다.

그래서 시인의 시는 의식을 관찰하는 칼레이도스코프(kaleidoscope)이다. 형형색색의 언어와 반짝이는 상상력을 담아 만든 '시'라는 만화경 너머로 우리는 알려진 세상을 나만의 상상력으로 채색할 수 있다. 그 세상은 시인이 만들어 낸 자연의 다양한 편린들이 독자가 만든 거울에 투사된 소우주이다. 반대로 바라보면 어떨까, 거꾸로 들고 보면 또 어떨까? 다양하게 들여다보는 세상의 이미지들은 서로 결합하고 관계를 맺으며 훨씬 풍성하고 고양된 독자만의 정서가 될 것이다.

한사코 그릇된 행위에 반대하고 있지만

스스로 저지른 오염 속 불길

믿고 싶지 않은 일을 바라보며

혼백의 가슴을 짓누르는 환경에 묶이어

날카로운 어둠 속으로 겨울이 왔다

세상의 뒤편에서 탄생과 결실이 이루어지고

얼룩진 슬픔이 쓸고 간 자국에

비뚤어진 정수리 만들어

능숙하게 다가온 겨울은

빈틈없고 탐욕해진 인간들에게

호락호락하지 않는다

앙상한 날개는

썩어 흐르는 차가운 대지 속에

뚝 뚝 부러져 새롭게 소생하는

영혼을 달래다

모진 시간 속

눈보라가 날리는 하늘에 매달려

하나둘 살아나는 무한한 구름에

꿈을 실어 새로운 바람이 팔랑이고 있다

- 「카르마의 겨울 Ⅲ」

'혼백의 가슴을 짓누르는' 세계를 주관하는 질서란 무 엇인가. '세상의 뒤편에서 탄생과 결실이 이루어지고' 있음에도 인과율처럼 '빈틈없고 탐욕해진 인간들에게' 겨울은 온다. 자연의 순환도 카르마인 것인가? 인생의 마감은 행동의 결과인 카르마에서 자유롭지 못하고 변 화하는 세상 역시 연쇄적 인과관계의 대상이다. 세상 에 단독으로 존재하는 것을 찾아보기란 어렵기에 혹 독한 겨울은 봄을 기다리는 자들이 직시해야 할 현실 이다. 현재의 행위는 그 이전 행위의 결과로 생기는 것 이며, 그것은 또한 미래의 행위에 대한 원인으로 작용

한다. 세상은 과거, 현재, 미래와 같이 순환을 지속하게 하는 일종의 '새로운 바람'이 늘 팔랑이고 있다. 이 카르마의 순환 속에서 겨울의 시인은 자신이 추구하는 '봄'으로 상징되는 예술의 바다를 항해한다. 카르마의 겨울은 자신의 위상을 지키고, '차가운 대지 속' 운명을 극복하고 '새롭게 소생하는' 봄을 향해 나아가는 시인의 미래지향적 항해일지이며 보고서이다. 「카르마의 겨울」에 앞선 시 「봄날」의 '따스한 바람의 언어'와 '달근한 바람'에서 다행히도 우리는 이 여정이 희망의 닻을 달고 있음을 믿고 안도한다.

고개 들어 너를 만나는 날
쏟아지는 햇살에 얼굴을 담근다

멀리 상수리나무 잎이 흔들리고
그 위로 뭉툭한 가지
단단한 깍 접이 붙어
습관처럼 다가와 부르는 봄날
하늘과 맞닿아 진실을 토한다
따스한 바람의 언어는 불안한 소문을 달고
떨어진 꽃잎 밟으며

여기저기 헤픈 웃음소리 신열을 앓고

펼쳐진 나뭇가지 노란 꽃망울 터져

상수리 나뭇잎에 반짝이는 잔털

사이사이 부딪치며 어지러운 잉태

때론 물씬 풍겨오는 달근한 바람이

하늘에 매달려 더욱 그립다

– 「봄 날」

과거는 그리움과 후회투성이다. 현재는 고단하고 미래는 설레지만 아슬아슬하다. 아버지의 기억과 어머니의 흔적, 사랑하는 이와의 이별, 성묘길의 아림이 있는 인생이어도 시인은 땅의 생명을 틔우는 '봄날'이 있음을 안다. 시집의 첫 시가 '노란 꽃망울 터지는 계절'인 「봄날」이니 시인은 우리 모두의 인생 서사가 해피앤딩이 될 것을 기원했나 보다. 고독한 겨울도, 자신의 고단한 삼월과 사월 사이도, 예측할 수 없는 화 목요일도 겪고 지나 결국은 첫 시 '봄날'로 돌아올 것을 믿었나 보다.